Henri Matisse

Illustré par Jean-Philippe Chabot
Réalisé par Frédéric Sorbier,
Jean-Philippe Chabot
et Gallimard Jeunesse

GALLIMARD MES PREMIÈRES DÉCOUVERTES DE L'ART

Henri Matisse aime les formes et les couleurs…

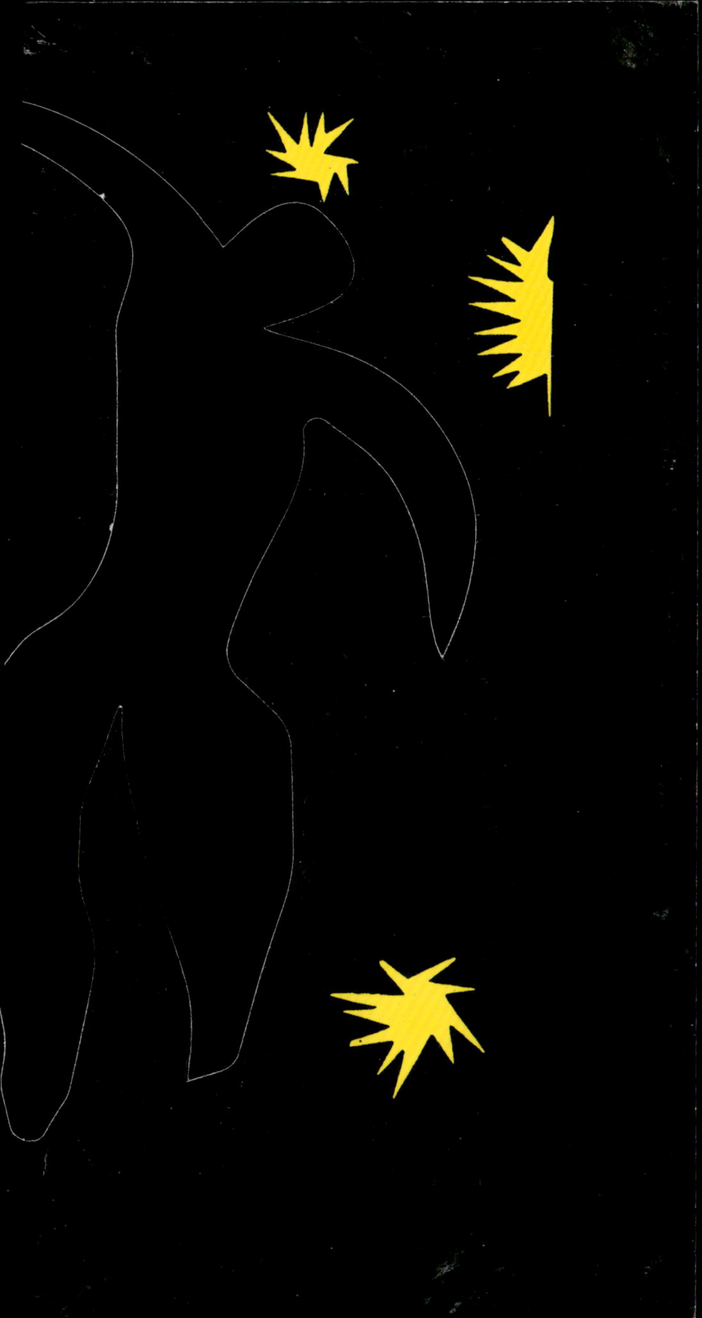

Il dessine dans la couleur en découpant.
En quelques coups de ciseaux, Icare prend son envol…

Les objets accumulés dans son atelier
inspirent son tableau.

Découvre l'atelier envahi par la couleur rouge.

Matisse aime repeindre le monde avec de grandes surfaces de couleur.
Pour lui, un mètre carré de bleu est plus bleu
qu'un centimètre carré.

Du Maroc à Paris…

… sa palette reflète la lumière
en jaune et bleu, en rouge et vert.

On entre dans ses toiles
comme à travers une fenêtre.

Les musiciens se sont installés sur l'herbe
comme des notes sur une partition.

Ils font danser
la ballerine de papier.

Matisse recrée le corps d'une femme…

… en assemblant les morceaux
découpés dans un rectangle
de papier peint à la gouache.

Voici, dans le désordre,
les morceaux de papier
qu'il a utilisés !

Matisse réalise de grands collages.

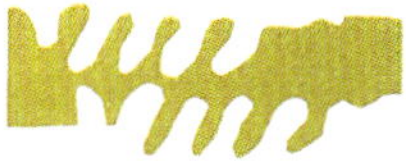

Retrouve
d'où vient chacun
de ces éléments.

À Nice, il regarde les bateaux sur la mer ensoleillée.

Avec deux triangles, il nous emmène au large.

Et maintenant, admire quelques-unes
des plus belles œuvres réalisées par Matisse.

La Desserte
1897

Toute sa vie,
son reflet dans le miroir
lui a inspiré de nombreux dessins.

La Desserte rouge
1908

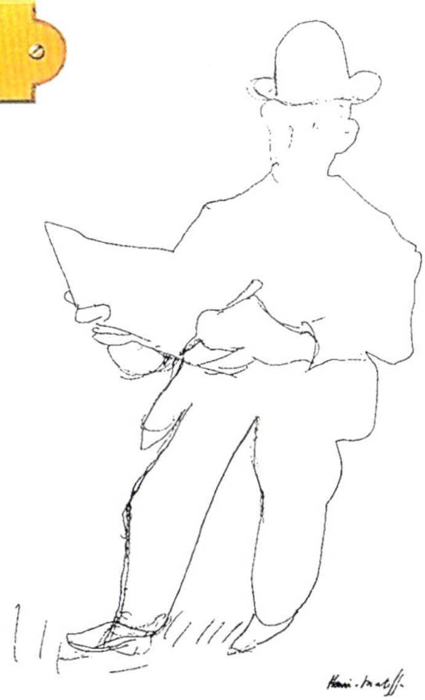

Les Pommes
1916

Les Poissons rouges
1911

Marie-José en robe jaune
1950

L'Enterrement de Pierrot
1943

MES PREMIÈRES DÉCOUVERTES DE L'ART

DÉJÀ PARUS DANS LA COLLECTION :

Les tableaux
Le Louvre
Le château de Versailles
Vincent Van Gogh
Henri Matisse
Pablo Picasso
L'impressionnisme
Paul Gauguin
Musée du quai Branly
Le Centre Pompidou

Henri Matisse

TABLE DES ILLUSTRATIONS ET CRÉDIT PHOTO :

COUVERTURE :
La Danse, 1909-1910, huile sur toile, 260 x 391 cm, musée de l'Ermitage, Saint-Pétersbourg. Cl. Giraudon.
PAGE DE TITRE :
Masque, 1948, aquatinte, 31,5 x 25 cm. Cl. Bibliothèque nationale, Paris.
Icare, 1943, gouache découpée (reproduite dans Jazz), 40,5 x 27 cm environ, collection privée.
L'Atelier rouge, 1911, huile sur toile, 181 x 219,1 cm. The Museum of modern Art, New-York, Mrs. Simon Guggenheim Found.
PHOTO DU MUSÉE :
Vue de la fenêtre, 1912, huile sur toile, 116 x 80 cm, musée Pouchkine, Moscou.
La Conversation, 1911, huile sur toile, 177 x 217 cm, musée de l'Ermitage, Saint-Pétersbourg.
La Musique, 1910, huile sur toile, 260 x 389 cm, musée de l'Ermitage, Saint-Pétersbourg. Cl. Giraudon.
Mouvements de danse, 1931-1932, lithographie, 25,9 x 24,7 cm. Cl. Bibliothèque nationale, Paris.
Nu bleu IV, 1952, gouache découpée, 103 x 74 cm, musée Matisse, Nice, don de Jean Matisse, dépôt de l'état. Cl. service photographique de la ville de Nice.
Les Mille et Une Nuits, 1950, gouache découpée, 139 x 373 cm, Carnegie Museum of Art, Pittsburgh.
Les Voiles, 1952, gouache découpée, 72 x 60 cm, collection privée.
La Desserte, 1897, huile sur toile, 100 x 131 cm, collection privée. Cl. Flammarion.
Homme debout dessinant, 1900, plume et encre sur papier, 23,9 x 18,7 cm, Cl. MNAM, Paris.
La Desserte rouge, 1908, huile sur toile, 180 x 200 cm, musée de l'Ermitage, Saint-Pétersbourg.
Homme debout ou dessinant, 1900, plume et encre sur papier, Cl. MNAM, Paris.
Les Pommes, 1916, huile sur toile, 116,9 x 88,9 cm, The Art Institute, Chicago.
Autoportrait au chapeau de paille, 1945, Cl. MNAM, Paris.
Les Poissons rouges, 1911, huile sur toile, 147 x 98 cm, musée Pouchkine, Moscou. Cl. Giraudon.
Homme debout lisant ou écrivant, collection privée.
Marie-José en robe jaune, 1950, aquatinte en couleurs, 53,6 x 41,7 cm, collection privée.
Autoportrait, 1948-1950, Cl. Bibliothèque nationale, Paris.
L'Enterrement de Pierrot, 1943, gouache découpée (reproduite dans *Jazz*), collection privée.
Autoportrait, Cl. Bibliothèque nationale, Paris.

Responsable éditoriale : **Anne de Bouchony**
Maquette : **Concé Forgia**

ISBN : 978-2-07-059140-4

1er dépôt légal : septembre 1996
Dépôt légal : juin 2009

Numéro d'édition : 170016
Imprimé en Italie par Zanardi Group
Loi n° 49-956 du 16 juillet 1949
sur les publications destinées à la jeunesse